AF346353

CATALOGUE

DE

TABLEAUX

MODERNES

DESSINS ET AQUARELLES

DONT LA VENTE AUX ENCHÈRES PUBLIQUES

AURA LIEU

HOTEL DROUOT, SALLE N° 2

Le Lundi 17 Février 1873

A DEUX HEURES PRÉCISES

PAR LE MINISTÈRE DE **Me BOUSSATON**, COMMISSAIRE - PRISEUR

Rue de la Victoire, 39

ASSISTÉ DE **M. E. WEYL**, EXPERT

28, place Saint-Georges

EXPOSITION PUBLIQUE

LE DIMANCHE 16 FÉVRIER 1873, DE 2 HEURES A 5 HEURES

—

1873

CONDITIONS DE LA VENTE

Elle aura lieu expressément au comptant.

Les adjudicataires payeront cinq pour cent en sus des enchères, applicables aux frais.

DÉSIGNATION

TABLEAUX

ANDRIEUX.

1. — Chevaux à l'abreuvoir.

BOURGES (Mlle).

2. — Vue générale d'Auvers.

3. — Les longs Rochers.

BEAUVERIE.

4. — Vue de Cernay; effet de neige.

5. — Effet de neige.

6. — Cour rustique à Auvers.

7. — Le Déversoir du moulin de Cernay.

8. — Une Rue à Montmartre; neige.

BONVIN.

9. — Nature morte.

BOUCHEZ.

10. — Pêcheur de Fécamp.

BILLOU.

11. — Le Bouquet.

CICERI.

12. — Ruisseau près Chevreuse.

CORTÈS.

13. — Troupeau dans une vallée.

14. — Paysanne conduisant des vaches.

15. — Pâturage sous de grands arbres.

CASSAGNE.

16. — Route du Mont-Pierreux ; Fontainebleau.

COLIN (P.).

17. — Ferme en Normandie.

18. — Fleurs.

COROT.

19. — Environs de Ville-d'Avray.

20. — Paysage.

21. — Environs de Mantes.

22. — Paysage.

CONSTANTIN.

23. — Fleurs et Fruits.

DAMOYE.

24. — Paysage à Anvers.

DIAZ.

25. — Dessous de bois ; Fontainebleau.

26. — Les Bohémiens ; clair de lune.

DIAZ *(attribué à)*.

27. — Chiens sous bois.

DECAMPS *(attribué à)*.

28. — Chiens et Chasseurs en forêt.

DEFAUX.

29. — Entrée de village.

DELPY.

30. — Bords de l'Oise.

DESACHY.

31. — La Promenade.

DORE (A.).

32. — Fruits.

DUVIER.

33. — Vue de Venise.

FLERS.

34. — Prairie.

FALERO

35. — Le Trouvère.

GUIGOU.

36. — Souvenir d'Auvergne.

GIRARDET (K.).

37. — Souvenirs de Suisse.

38. — Paysage de l'Oberland.

39. — Vue de Capri.

40. — L'Église Saint-Marc à Venise.

41. — Maison à Schwytz.

HERVIER.

42. — Cour de ferme en Normandie.

HUYSMANS.

43. — Paysage.

HUE (Ch.).

44. — La Lettre.

INGRES *(attribué à)*.

45. — Angélique.

IMER.

46. — Paysage.

ISABEY.

47. — Promenade au parc.

JONGHE· (de).

48. — Fidélité.

LUMINAIS.

49. — Cheval blanc.

LOTTIER.

50. — Environs de Toulon.

LEPAULLE.

51. — Le Prisonnier.

LAGRENÉE.

52. — Nymphe endormie.

LÉPICIÉ.

53. — Tête de jeune fille.

LE POITTEVIN.

54. — Paysage d'automne.

55. — Fruits; étude.

MICHEL.

56. — Effet d'orage.

57. — Environs de Montmartre.

MONET.

58. — Nature morte.

MOLINS (DE).

59. — Rendez-vous de chasse.

60. — Relai de chiens.

MOLIN.

61. — Saint-Valery en Caux, quai de la Douane, clair de
lune.

MONTFALLET.

62. — Les Joyeux Amis.

63. — La Causerie.

PELISSIER.

64. — Fruits.

PISSARO.

65. — Conversation sur une route.

QUOST.

66. — Rougets ; nature morte.

RICHARD.

67. — Le Matin ; paysage.

68. — Le Soir ; paysage.

ROUSSEAU   (Th.).

69. — Environs de Fontainebleau.

70. — Route et Arbres à Fontainebleau.

RICHET.

71. — Vallée de la Seine.

ROUX   (P.).

72. — Fruits ; nature morte.

73. — OEufs et Légumes.

RUYSDAËL.

74. — Paysage hollandais.

SCHREIBER.

75. — Promenade au bois.

SISLEY.

76. — Une Rue à Saint-Ouen.

THIOLLET.

77. — Plage à marée basse.

TROUILLEBERT.

78. — La Réussite.

79. — Les Deux Sœurs.

TROUVÉ.

80. — Vue d'une ferme.

Nᵒ 240 du Salon de 1865.

81. — La Grande Cascade du bois de Boulogne.

VEYRASSAT.

82. — L'Artiste.

VOLLON.

83. — Paysage en Dauphiné.

WALKER.

84. — L'Amazone.

WILSON.

85. — Chasse à courre.

VERNET (H.).

86. — Tête de cheval.

DESSINS

BOUDIN (Eug.).

87. — Vue de la Tête-de-Flandre à Anvers; étude à l'aquarelle.

88. — Un Canal à Bruxelles; étude à l'aquarelle.

89. — Marine; environs de Brest; étude à l'aquarelle.

90. — Plage de Trouville; étude à l'aquarelle.

91. — Baigneurs à Trouville; étude à l'aquarelle.

92. — Plage de Trouville; étude à l'aquarelle.

CASSAGNE.

93. — Le Chasseur; aquarelle.

93 bis. — Les Bords de l'Orne; aquarelle.

CORDOUAN.

94. — Ile aux Pins, près Nice; pastel.

ECCKHOUT.

95. — Le Portrait; aquarelle.

FELON.

96. — La Poésie; mine de plomb.

GELIBERT.

97. — Village en Dauphiné; aquarelle.

HERVIER.

98. — Basse-cour; aquarelle.

OUVRIÉ (J.).

99. — Alkmaar; aquarelle.

100. — Amsterdam.

NUGENS.

101. — Marché en Normandie; sépia.

PILS.

102. — Campement d'artillerie place de la Bourse après
l'entrée des troupes de Versailles, 1871.

103. — Baraquement des gardes mobiles de la Côte-d'Or,
boulevard Pigalle; janvier 1871.

104. — La Cuisine des artilleurs aux Tuileries; juin 1871.

105. — Campement de chasseurs à cheval.

106. — Un Mobile.

RIBOT.

107. — Un Pierrot; sépia.

WALKER.

108. — Maréchal ferrant; fusain.

PARIS. — J. CLAYE, IMPRIMEUR, 7, RUE SAINT-BENOIT. — |207|